Lilith《リリス》

川野芽生
Kawano Megumi

書肆侃侃房

Ｌｉｌｉｔｈ

目次

I anywhere

II out of

III the world

装幀　柳川貴代

I
anywhere

借景園

羅《うすもの》の裾曳きてわが歩みつつ死者ならざればゆきどころなし

庭に来る晩春、ふるき藤棚は藤蔓の重たければ折れつ

廃園にあらねど荒ぶれる庭よわれらを生きながら閉ぢ籠めて

生者より生者は産まれこのあした蠱毒のごとき辛夷咲きゐる

ひとびとは老いて去りゆく　最愛の季節の花の庭を遺して

Siren《サイレン》 は Siren《シレーヌ》 のこと　Siren の来《きた》りてのちに空き家殖ゆるよ

少女にて薔薇の病葉むしるとき隣家に女主人惚けつつ

茉莉花の株を頒《わ》けむと老いびとの小さき双手は垣ごしに来し

夜の庭に茉莉花、　とほき海に泡　ひとはひとりで溺れゆくもの

しろへびを一度見しゆゑわたくしは白蛇《はくじゃ》の留守をまもる執政

ながく庭に出で来ぬひとと気付かざり落花は垣を越えて降れども

ひとなくてひたすらに種零しゐる秋桜《こすもす》の苑　入りしことなし

はつなつの森をゆくときたれもみなみどりの彩色玻璃窓《ステンド・グラス》の片《ピース》

森　と思ひゐしはあなたの庭なりき伐られて七つ家建つといふ

借景を失ひしゆゑわが庭も芝居小屋たたむやうにさみしき

庭木戸を見知らぬものにひらくとき skirt にまつはる薔薇の棘

朽ちた藤棚も取り壊される

はつなつのひかりの庭に手綱取るごとくに藤を刈り込むひとよ

あをき雉鳩つがひとなりて来たりけり　彼方《あなた》よりもろき枝をくはへて

取り壊されることを鳩は知らない
燔祭の支度にや　鳩は藤の上に小枝を互ひ違ひに組みつ

取りかへしのつかざるものを産むまへに非在の森の辺へとかへれよ

花の終りは季節の終り　ひとの手が咲きつつしぼみつつ花殻を摘む

竜頭《りゆうづ》をうしなふ

思惟をことばにするかなしみの水草をみづよりひとつかみ引きいだす

ぬばたまのピアノを劈《ひら》きひとの手はひかりの絡繰《からくり》に降り立ちぬ

鳥が虫を啄むをりの素早さに小指は打てりはるけき鍵《けん》を

朝火事を思《も》ふしづけさに弾き終へて楽器の胎へ消ゆるきみかも

剝き終へて魚卵のごときピオーネを王女のきみにひとつ差し出す

きみは何に祈りてきみと生《あ》れたまひこの白昼もきみを光らす

海の画を見終へてひとは振り向きぬその海よりいま来たりしやうに

きみはつね群鳥のごとき黙《もだ》曳くにわれが散らしてしまふその鳥

銀《しろがね》の篩にこゑをふるひわけしづけき音《おん》を語らむとせし

宝石の名を持てるひと海へ来て宝石箱に海をたぐへき

影としてひかり降りくる林道よ睫毛のごときもの敷きつめて

春一日雛人形の役をしてそれより魂を失へり

水のしじま岩のしじまが殺しあふ石灰洞に影を喪ふ

しづもりて人を羨しみゐる吾は夜の蜘蛛なるゆゑ殺してむ

みづからの竜頭《りゅうづ》みつからず　透きとほる爪にてつねりつづくる手頸

夕かげは紅茶を注ぐやうに来て角砂糖なるわれのくづるる

月の夜は橋のやうなるベランダをあともどりできぬもののごとゆく

水の真裏に

駒鳥を追ひゐるごとし姉をつれ植物園の門を探せば

藍いろの馬立ちつくす手袋のひだりは姉がはめてゐる午後

雪折れの多き植物園ゆけりやがて古びむ傷を数へて

折りたたみ傘のしづかな羽化の上《へ》に雷のはるかなるどよめき

風邪のたびこゑを喪ふ姉とゐてみづからの声も忘れはじめぬ

眠りとは夜ごと織りなす繭にして解《ほつ》るるをよもすがら繕ふ

ゆゑ知らぬかなしみに真夜起き出せば居間にて姉がラジオ聴きゐき

わが夢にもひとは眼さめて衛兵のごと魚のごと階下をめぐる

夜のもつうすき瞼は下ろされてこよひわれらはその外に立つ

稲妻といなづまが呼び交はす夜を歩いた　ふたり植物園を

庭園は体臭をもてり背表紙のこはるるゆるやかさに春来て

熱病のうちまどろめばまぼろしのきみが夕陽をさえぎりに来る

憂愁をかつてきみよりならひしにきみにはなれず　グラスを仕舞ふ

鱗あるものらがからだ脱ぐやうな花の散りどき、夢の醒めぎは

水の真裏に魚消ゆるごとわれは寝《い》ね不眠ひとりを残しきたりき

驟雨霽《は》れ骨格がさきに出来上がる建物の前すぎぬ　痩せゆく

気流と鱗

紫陽花が水底の藻のやうに咲く　耳慣れぬ名をどの街も持つ

人よりも傘はもろきをきりぎりに気流みだるる空《くう》に差し出づ

疎まれし少女時代を聖痕となしゐしに雲は日ごと生《あ》れくる

瞑《めつむ》れど降るいなびかり　熱はかる手のやうに来て夢にまじりぬ

六月のあなたの痛みを牽きてゆく海馬、その荷へ花を放らむ

薔薇の瞼

外《と》に出ればわすれてしまふ絵のうちに市庁舎の鐘いつまでも鳴る

風景画の枠のこちらで手をつなぎ人びと永遠に飛びたたぬ鳥

落葉よ　こよひも夢をモノクロでみるべきひとの視野に火は充つ

幾重もの瞼を順にひらきゆき薔薇が一個の眼となることを

夜は柔き頬もちゐるに少年のつぶやきのごと消えてゆく火よ

ぶらんこの支柱に凭れ少年は内を流るるきしり聴きをり

止め処なく夢をわすれてゆくごとく枯葉は常盤木より降りやまぬ

冬の王位

熊の喉に月の輪しるく浮く夜を疚しさならね目覚めてゐたり

雪晴《ゆきばれ》に復路のリフト無人ながら往路と釣り合ふ重さ持ちをり

昼月は薄く削がれて天にあり　地上も月のごとき雪原

神々が錘をつけて下ろしくる木々よこの世のふかさを測る

火をみるとき瞳《め》は歯車に似てゆくをあけがたの夢のやうに思へり

あかときの谷間へ潜るとき河は懺悔のごとききらめきを持つ

頭《づ》のうちに根雪のごとき睡たさの、はるけき森へ征くいつの日か

真夜と云ひ真冬といへりその闇の芯を見たりしものなきままに

冬の木々酒杯のごとく並べられ雪を湛へつまつたき朝に

裸木を冠となすこの冬も王位を追はるるやうに過ぎゆく

炭酸と鸚鵡貝

照準を定むるやうに差す傘へかなたより落ちきたる　撃ちしか

鸚鵡貝胎児のごとく眠りゐる博物館にひとと落ちあふ

炭酸水うつくし　魚やわたくしが棲むまでもなく泡を吐きゐる

トンネルが裏返るやうに夜が来てわたしは葡萄の種を吐き出す

葬《はふ》るのをきみがわすれた死者たちと夜通し踊る（来ない）夜どほし

ねむたさ　眼の奥にいつぱいの金星　あなたは夜道を歩いてよい人

いくたびも降らせ、方舟もしづめてわすれてしまはうね、小鳥たち

凌霄花

凌霄花《のうぜん》は少女に告げる街を捨て海へとむかふ日の到来を
網棚に載せれば視界より消える　そのままいつかわすれる荷物

やはやはと海面発火する午後に少女は左目をなくしたい

窓辺にて日焼けをしない手が剥いてゆく黄桃の皮の夕映え

指をふれあへば光のあふれ出す奇跡のやうにかはす手花火

海底《うなそこ》がどこかへ扉をひらいてるあかるさ　船でさえぎり帰る

天球儀ほどの重さの頭《づ》をかかへ人が死なない日の昼下がり

boy meets girl

熱帯魚死にし朝より唾液にはいつも微量の塩素がまじる

制服のむれへ春あらしのたびに少女のみ輪郭がくづれて

神がみがくちづけかはす（あれがベガ）プラネタリウムにて穢されき

少女とはことなる腕をもつ人に向かひあふとき切岸ふかき

いつだつてだれかの代はり　ほそいほそい肩ひもで身を吊りさげて立つ

傷むほどに透度をあげてゆく髪を曳きつつゆけり春の高台

眸《め》もほのひかる

脈絡のなき人びとの行き交ひてそのさなか、からうじて落ち合ひぬ

はつなつと謀つて透くるブラウスがわたしひとりを邪魔者にした

皮膚の薄さを告げて日傘の影のうちにとどまるときにどこも対岸

木々の影ゆらぎやまざり夏病みのおとな一人を陰にかがりて

すぎゆきを語つてひとは日の差さぬ花壇のやうなてのひら畳む

星座がみえる人の眼をして仰ぐ人　見えねばわれの眸《め》もほのひかる

落日の翼

あかときの厨のみづを銜《くく》むとき雷鳴はありわがうちそとに

百日紅うごめきやまず　こぼれては赤竜《せきりよう》として甃《いし》に灼けゆく

炎昼の陽は眼差しのごと重し隈なく肌を領さむとして

地下書庫に体熱を奪はれながらひとは綴ぢ目の解けやすき本

書架の間《あひ》を通路と呼べりこの夏はいづこへ至るためのくるしさ

複写機の緑の光に濡れてゐる青年は滝つ瀬より来たのだ

夏はことごとく眩暈　膝を折るやうにがくりと庭が揺らいで

街はふと裏がへり道はからみあふ刺繡糸　どこへゆくのだ、ひとは

落日の伸べたる翼とまじはりて腕白し　われを影となすまで

冬日とモービル

ブラインドに切り裂かれつつ落つるとき冬日も長き睫毛伏せをり

よごれない花の残つてゐる枝を折り取るやうにしるす近況

記憶とは泥濘《ぬかるみ》　気泡はきながら紅茶のうづへ檸檬が沈む

癒えゆかむ　手紙にしるすことなべて短くて雨ぬるみはじめる

低空をモービルとなる冬の鳶　翔ばざるものの目眩の上に

たくさんの名前が出ては消えてゆく手紙に封を　薄紅の封

アヴァロンへ

はつなつは水位の下がるやうに痩せ鎖骨は凪のうちの島影

ジョン・エヴァレット・ミレイの没年書き入れて死者ばかりこの稿を出入りす

図書室に冷水機にぶくひかりをり　かがみこむ人を獣に変へて

ひたむきな小雨のやうなねむたさにはるかなる野の自転車朽つる

論文の複写を終へて取り落としことばを神の捨児と思《も》へり

やはらかく波頭に馬の胴くづれ、序論のしめくくりを見失ふ

塩のごと否認あかるし　陶片にみづからの名を書きて去らなむ

卓に額伏せて眠りを待ちをれば木菟のごときもの背に乗り来

わたくしをここで眠らせ心拍は先へさきへと歩む旅びと

聞きわけて雨は降りくるあきらめて木々は濡れゐるその下をゆく

近づけば消ゆる水面に囲まれて人びとはモネ・ルームの遊魚

Morris & Co.〈The Adoration of the Magi〉

ふたたびは閉づるあたはぬ絵のなかの百合、東方の三博士《Magi》を照らせり

Edward Burne-Jones〈St George Slaying the Dragon〉

聖ゲオルギウスの目見《まみ》のやはらぎよ刃を竜の口へ差し入れ

Edward Burne-Jones〈Morgan le Fay〉

かつて神女　そして妖姫へ変へられて椿の、モルガン・ル・フェの長身

天使なるその楽人の横がほに蝶の口吻のごとき古楽器

Edward Burne-Jones〈Angel Playing a Flageolet〉

油画を覆ふ硝子に須臾うつり夢より夢をわたるわれらは

夢の底のラファエル前派展、　たぶん実在しない友と来てゐる

うつくしいパルフェをくづし混沌の海よりひとが取りだすミント

花ことばは〈不滅の愛〉と告げながら友人は蔦のブローチ呉れし

魚跳ぬるはやさにひとは瞬きて今し水面の彼方《あなた》を見たり

洋雑誌の頁を剝がすごと醒めて机上にはつか痺れゐる腕

金属の書架なればなほ森めきてドルイド僧を書庫は立たしむ

蛇苺這はするごとき発疹と思へりひかり浴みて殖ゆるを

贋作の絵の気安さに摘み取れるわが手もローズマリーかをれり

雨後の薔薇に唇を触るればさかづきはわれに真水を明け渡したり

花はなほ鍵穴なるをわが鍵に合ふ花はいついかに散りしか

使ひ魔を召すさみしさよ葉は落ちて波紋——のたびに鯉つどひくる

伏し目がちのおとうとバスに乗り来たり伏し目のままに眠りはじめぬ

放心の隙をつくたび身のうちに小鳥の群れを羽搏かすひと

雲くらく燿《かがよ》ふゆふべ天球を侵しゆく閃輝暗点を見き

鍛冶神の打ちし頭蓋か天上に鎚ふるはるるたびに痛めり

John William Waterhouse 〈The Lady of Shalott〉

木々いまし舳先を天へ揃へたり嘆きつつ地を去る者のため

ほんたうの天頂を月は知らざれば世のはじめより歩みやまぬを

氷嚢のとけてしまへる昼の家影たちはかはるがはる訪ふ

ローリエをスープ皿より掬ひ上げひさかたの *News from Nowhere*

こころとは巻貝が身に溜めてゆく砂　いかにして海にかへさむ

海縁《うなべり》はながき廻廊　歩みゆきやがて円柱のひとつとならむ

欄干に置かれて手とは石工らに刻まれたりしごときしづけさ

海といふ肌理あらきものを均さむと波生《あ》れて海を覆ふに足らぬ

釣りびとよ　テトラポッドは海神《わたつみ》の遺骨なるゆゑ汝は立つらむ

しらじらと海蝕崖は聳ゆるを巨いなる鍵のやうに波来ぬ

水際に脱ぎ捨てらるる海月らの、神々を忘れゆく神殿の

アヴァロンへアーサー王をいくたびも送る風あり千の叙事詩に

騎馬めきてゆふかぜは吾を追ひ抜けりたれを捫しにゆくところ

見えざれど黄金《くがね》を夜は湛へをり　月とふちさき器にて汲む

幻獣のかたちを都市にさらしつつわが呼ぶまではそこに在れ、雲

Ⅱ
out of

Le Grand Cahier

「ぼくらのうちの一人が、もうひとつの国へ去る。
残ったほうの一人は、おばあちゃんの家に戻る」
——アゴタ・クリストフ『悪童日記』（堀茂樹訳）

朝なさな燃えあがるアレクサンドリア図書館ありてわれらもその火

口中のかわくさみしさ告げきたる人狼の眸のうるむさみどり

手をつなぎねむれば城を出たることなきわれわれに火の馬の夢

天上に竜ゆるりると老ゆる冬われらに白き鱗《いろくづ》は降る

とはに人語を解さざる仔を飼ふことの火を手なづけてひとの点す火

不死鳥にふいに熟柿のにほひして鳥の死にどきめぐり来たりぬ

神がみを仕掛け絵本に綴ぢ込みてゆふべの卓に忘れきしこと

夜の森へ消ゆるわれらの背はひかる　城のかたちに火は燃えゐるを

＊

ゆふやみに双頭の馬見てゐしが分かたれしかばひとつに騎《の》りぬ

根菜を洗ひゐたれば人の来てレテ川の水差し出されたり

吾はたれに天空の火をねだりしか掌に金色の葉は残りゐる

ゑづくとき雨を思へりはるかなるケンタウロスの背を湿す雨

満ち欠けを止めてしまへる昼月をはづしてばらばらに砕く役

たれかいまオルゴールの蓋閉ぢなむとしてゐる　われに来《きた》るねむたさ

天球が膝をかかへてうづくまるあした、あなたを映せる運河

エル・ドラド、アヴァロン、エデン、シャングリラ　楽園の名がいだく濁音
かつてわれらの弑せる王の見つづくる夢の山巓《さんてん》にて復《ま》た逢はな

転身譜

侏儒神の額髪搔き上ぐるごと窓の結露をぬぐふ　あかとき

梢《うれ》の高さに窓を構へてながむるに銀杏葉はなほ高きより降る

薄明に活字褪せつつ亡びたる透明獣の名か、たましひは

片割れよ夢をみるたび夢に生《あ》れ角や翼を得てわれを去る

鳥籠のやうなる白きサンダルに足は翼であればをさめつ

星冴えて乳香をたれに授けむと道ゆくわれか神を持たざる

地《つち》を踏む天馬の脚のしづけさにわが来し方をひとは問ふなり

鬣を梳かるるものの苛立ちよ草はらも風を前に足掻けど

黄昏《くわうこん》は人のかひなを有《も》つものか抱かれて竪琴こはるるよ

夢ぬちに橋のやうなるもの踏みき春とわが蹄とほのひかる

＊

名を呼ばれ城門へ向きなほるとき馬なる下半身があらがふ

鐘楼の飽かず降らする声ありていまだ世を滅ぼししものなし

みづの青火のあを　誰も産みえざる子らをかはりに夜は産み落とす

草踏めば草にほふ——人なりしとき蹄にかけたかりしひとの数

ひとがひと恋はむ奇習を廃しつつ昼さみどりの雨降りしきる

珊瑚枝《し》に尾を巻きつけて海馬《うみうま》は憩へり水底の戦間期

歩兵隊渡りしのちの跳ね橋は光あふれて引き揚げられき

うつつとは病めるまぼろし手をのべて瑪瑙を馬《むま》の脳《なづき》へかへす

みづからのこゑを追ひつつ駆けゆかな星辰もしるべせぬ境域へ

春よわれらに再演あらば幻獣と狩人として巡り会はむを

舞曲

身のうちに海蛇を孵す海ありてひかりを月の面《も》へ零しゐる

舌の上にさむき火のごとある薄荷キャンディー　いつか棄児と呼ばれて

きさらぎの湖《うみ》慄へたり　漣の白とはみづに降るさくらばな

たましひはいくたびもひとを死なしめてみづうみの面に展《ひら》かるる蝶

水飲めばみづのうちよりひと生れてわれとなりにき　水消えにけり

卵生の死者ひしめきて窓を打つ春は透明なるもの満ちて

火の鳥に恋はれゐることとくるしくて今生われは水呑むけもの

仙人掌の森ゆ来たりて少年は夜ごとに月の研がるるを言ふ

月は馬具　そを光らせて渡りゆく影の騎り手に帰路はあらざる

太陽より果汁のごときもの搾り春といふわが巨いなる右手《めて》

街は火を身籠りゐるに朝なさな空の高みを鳥は離れ来

魚《いを》の眼を喰ひ果たしては離れゆきひかりは寄生虫の眷族《はらから》

こころとは異土のこと　尾を喪ひし人魚を夜の森に放てよ

賭博師の用ゐる仕掛け銀貨なり投ぐるたび表ばかり出る月

死ののちもそを閉ざしやる手はなくて竜のまなこは空《そら》となりにし

月といふ卵透けつつ毀れゆき竜をこの世の外へ逃がせり

蕃神の裾ひくごとき雪の街を群狼として過ぎつ　忘れよ

月の鳥を撃ち落とさむに星なべて弾痕　われのふたつまなこも

夜は亡び夜を目覚めゐしわれの掌に求めぬ形見なるよ、世界は

転生のたびあをまさる空にして果ては黒白のいづれか知らぬ

さくらばないにしへ呼びし　瀝青のおもてに浮かびくる病斑を

はなびらを木々が見捨ててゆく春にあなたの嬰児なりき　告げてむ

みづからの尾を嚙めば已むさみしさに月の夜、竜は洞を満たせり

ベオウルフの春

みづからの尾を切り落とすおこなひの戦士が竜を狩りに出で立つ

曠《あら》野《の》ゆくひとびとの武具てらしつつ蜥蜴のごとくなまめける月

青銅の森のやうにも竜ねむりかつてその森よりわれら来し

角笛を吹き鳴らすとき身のうちの湖《うみ》、ひとたびの風を寄越せり

竜の吐く火の薔薇いろに立ち濡れて吐息のごとき矢をいま放つ

相討ちのわれらのかばね擁《いだ》きあふ樹や伝承の苗床として

人の世の春に鱗《いろこ》は散りしけりとほき代にまた竜を生むべく

幻獣抄

今朝すべての金木犀は瞠《みひら》きて久しかりしよ秋の百眼巨人《アルゴス》

野分とはいかなる神馬　贄として地上の花の苑を召し上ぐ

あかあきつ、と呼べどもけさは振り向かぬ竜の子今し虚空に入れり

血を吸ひたるもののごとくに鮮《あた》らしく秋の葉は舞踏会へ急げよ

冬の室《へや》に床は水面のごとかれば尾鰭へとかへりゆけるわが足

雪の上に蹄としては雪ばかり置かるる夜半よ手綱放せり

老天使

春は花の礫《はりつけ》にして木蓮は天へましろき杯を捧げつ

傘の骨は雪に触れたることなくて人身事故を言ふアナウンス

白き片《ピース》ひとつ天より落ちきたり世界はくづれつづくるパズル

葩《はなびら》は花にはぐれてゆくものを夢《いめ》ゆ取り零されし残月

風落ちて菜花畑の金色《こんじき》にわれは殿上のごとく踏み入る

丘の上《へ》に老天使翼《はね》をひろげゐてさくら、とひとはそを指さしぬ

うつつより多くの星をもう夢に見てしまひたり　桟橋朽つる

空頭

花穿つ嘴《くちばし》くるほしき春の時空に穿たれし櫻花
襟のごと海を縁取る港街あり誰もみな貌をもたざる

ふかぶかと窓鎖《さ》したりき昼空を渡る熾天使旅団に触れず

記憶よりひとを剝がして捨つるごと　まぐのりあ　皓きはなびら落ちて

鏡面の腐蝕のごとき昼月を鳥過《よ》ぎり飛蚊症の過ぎりつ

ラピスラズリ

1

陸《くが》といふくらき瘡蓋の上《へ》を渡り傷を見に来ぬ海とふ傷を

人界を襲はむと来る銀狼の群れ　みづ埋めて燦めく波は

瞼なき魚《うを》匿《かくま》ひて灼かれしか瞼なき海は眼を逸らさざる

事無くて人と成れるを詰られしのち夏ごとに細りゆく腕

薔薇園をとざすゆふやみ花の色なべて人には禁色にして

氷もて微熱をさまし天国の不在証明《アリバイ》のごときこの肉体は

石壁の蔦のやうなる骨浮きてあやふし少女期より痩せゆく

Lapis-lazuli みがけりからだ削ぎゆかばたましひ見ゆ、と信じたき夜半

朔風は夜々研がるるをなにゆゑに切り裂かれたることのなき玻璃

にんげんに美貌あること哀しめよ顔もつ者は顔伏する世に

飛行《ひぎやう》また遊戯に過ぎずつばさあるものさへ落ちてくるこの地上

万華鏡銃のごときを構へ世は打ち砕かれしときのみ美《は》し、と

ポケットに入れたる鳩の羽搏きの、やまざる、ごとき、このねむたさの、

*

ねむる——とはねむりに随きてゆく水尾《みを》となること　今し水門を越ゆ

2

妖精の翅降るあしたみづからの翅まじれるを知りてあゆめり

露台《テラス》とは天馬の港　われはその港守にて千年を立つ

つばさあるものわれにきて来よと云ふゆかむと答ふさらばゆかなむ

冬眠のからだを塔に隠し来てわがものならぬ街を遊べり

朝なさな竜相食みて墜ちゆける空の翠の炎えたつばかり

黄金《きん》の薔薇地に散るときも天空に造花なるゆゑゆらがざる陽よ

お・る・ご・お・るの針《ぴん》として立つひとびとをただいちど星が奏でてゆきぬ

狂恋を逃れむがため木となりし少女らならむ花のなき森

物体が天使のごとく透くるとふ火を受け容れて火となる須臾に
かへるべきからだはすでにあらざるを夢のうちにも知りてゐたれば
殺められて水底にある永遠を遊蝶花《パンジイ》めきて海馬《うみうま》よぎる

殺害をもう怖れずに済むといふ味爽のマリン・スノウなるかな

囚人が友となすのみの蜘蛛なるよ星月《せいげつ》とふも壁のこなたに

稲妻は瞬間の蔦　つかまへてかなたへの伝令とならむよ

3

時はすべて記憶なりしかいなづまの残像を夜の庭苑に視つ

ひとの身につかのま碇下ろしゐる魂よわが湖底痛めり

Ⅲ
the world

Lilith

馬手と云へり　いかなる馬も御さずしてさきの世もをみななりしわが馬手

harass とは猟犬をけしかける声　その鹿がつかれはてて死ぬまで

晴らす《harass》　この世のあをぞらは汝が領にてわたしは払ひのけらるる雲

談笑の室《へや》を抜け出てあぢさゐの陰なるカウンセラー・ルームへ

なにゆゑに逃げざりしかと問はれゐつ共犯を追ひ詰むる口調に

荷車を曳く馬の背に筋みちてときに人とは零るる林檎

摘まるるものと花はもとよりあきらめて中空にたましひを置きしか

〈男《をのこ》みなかつて狩人〉その嘘に駆り立てらるる猟犬たちよ

汝が命名《なづけ》なべて過誤《あやまり》にてアダム、われらはいまも喩もて語らふ

青年とわれは呼ばるることなくて衛《まも》つてやると言はれてゐるも

さからはぬもののみ佳しと聞きゐたり季節は樹々を塗り籠めに来し

うつくしき沓を履く罪　踊り出す脚なら伐れ、と斧を渡さる

葩《はなびら》に顔を喰ひ荒らされながら運河走れりゆめ澱むなよ

怯えやすい小動物に似た街に指で圧すごと日没が来る

ひとつきりの月のいくどの蝕をみる両眼にそのくづれやすさは

白木蓮《はくれん》よ夜ごとに布をほどきつつあなたはオデュッセウスをこばむ

敗北と屈服の差は（燃やさるる星）屈服と承認の差は

無理強ひにとざすまぶたの慄へゐて湖《みづ》のおもてに残るはなびら

銀杏並木の穂先あふぎてあゆみゆくいつしかに三つ編みのほどけて

立ちくらみをさまるまでをたちどまりわれは虚空に吹かれゐる草

・と・に創造《つくり》たまへり――と聞きしかどそのいづれにも遭ひしことなし

たれも追はずたれも衛らず生きたまへ青年よいまここが対岸

わがウェルギリウスわれなり薔薇《さうび》とふ九重の地獄《Inferno》ひらけば

汚名つね雪ぐあたはず　髪に背にくちびるに紅葉享けてあゆめり

魔女を焼く火のくれなゐに樹々は立ちそのただなかにわれは往かなむ

ねむらざるひとびとは来て海の襞ととのへはじむ　二度とかへらぬ

ほんたうはひとりでたべて内庭をひとりで去つていつた　エヴァは

たたかひはうつくしきものの手にわたり地上に生くるほかなきわれは

いつか誰かが置き去りにして透きとほる蛹とならむこの世と思ふ

つきかげが月のからだを離《か》るる夜にましろくひとを憎みおほせつ

乱数暦

かわきつつひかれり静物画のなかに座礁せしごとき果物籠は

さくらさくらさみしきまりあ、きりすとをきりすと紀元以前に産めば

インペラートル・カエサル・ディーウィー・フィーリウス・アウグストゥスよ月を名付けて

イマジナリイ・フレンドのやうに名を呼べば芽吹月《ジェルミナール》、花咲月《フロレアール》きたる

星辰に釣瓶を下ろししんしんと月日を汲み上げたり郭守敬

眼は一生《ひとよ》ひかりの供物　荒ぶれる碧空をしづめむと痛めり

あらたまのさみしきものになりなむと号《なづ》けて（手懐けて）権力は

君子蘭裸身をさらす春にして世界ぢゅうの王たちの乱心

火《くわ》想《さう》

アガパンサス瀆ふものよこの朝も天使はおのが喇叭捨てずや

日傘して来たる空中庭園にみなづき青薔薇の鳩羽色

蝶の翅毀れゐたるをStainless Steelといふ青薔薇の名は

子守唄くりかへしくちずさむごとくあなたも擁《だ》きしめる偏見を

奪はれて薄笑めりここ奪ふとふことばに詩情にほふきりぎし

あかねさすフルーツ・ジュレの水底に差し入るる銀の匙のオールよ

白昼へ星溺らする手やあるとあふぐにたまかぎる偏頭痛

街が街を抜け出づる宵茉莉花の香にたましひを屠られながら

いま、海より拾ひあげたる鉄片とおもへり月のいろ朱くして

遠花火嗚咽のやうに顚《た》つ街を視てをり漣の襞のうへ

天球にあぢさゐ色の黙あるに裸火のごと瞋《いか》るさみしゑ

上昇と引きかへに朱を喪へる月よおまへも瞋りを去りて
投光器へとあゆむときみづからの影にて星々をさえぎりぬ

ひらくのを

飛行機

離陸して雲へと入りゆきながららふそくの火のやうに揺れたり

ねむるときからだがかるくなるでせうひかうきはあのちからでとぶの
パスポートの写真のままの顔をしてゲートといふゲートをすり抜けて

教会

スーツケースひとじちのやうにあづけたり力では勝つほかなきひとに

客人としてここに来てかみさまの姿をうまく撮れずにゐたり

愛は火のやうに降りつつ　〈Amen.《まことに》〉を言へないままに終はる礼拝

婚礼に汚るる街よ紙ふぶき髪よりひとひらづつ取りはづす

中庭を冷やす噴水　iPhone をほほにあてがひ来る修道士

植物園

友人をこころから愛せざるままにゆく二人旅　風がうるさい

ほめことばふはふはまとはりつくひるの蜘蛛の巣まみれの庭園をゆく

枯れ枝をとほく擲《な》ぐるも　都合のよいひとにならうとするひとばかり

無性愛者《アセクシャル》のひとはやつぱりつめたい、とあなたもいつか言ふな　だありや

いつ自分がさうだと気づきましたか、と入国審査のやうに問はれつ

身許《identity》の証明をもとめられるから肌身はなさずもつパスポート

植物になるならなにに？　ばらが好きだけど咲くのは苦しさうだな

ひとりにして、すこしかんがへさせてつて告げそれきりの友人たちよ

友人のすべてを置いて乗るためのバスが古城をまはつて来たり

図書館

スーツケースにをさまるほどのからだしかなくて曳きをりスーツケースを

ヴァージニア・ウルフの住みし街に来てねむれり自分ひとりの部屋に

うつくしい本を造りて逝きしひとよあなたの本に逢ふために来た
fragile. としるされてゐる稀覯書をひらくのをゆつくりあきらめる

竜のくちべに

曇天は雷に満つるを息とめてわが引く藍いろのアイライン

花曇り　あるいは銀のアイシャドウ　死者の気配のごとくしづもる

少年もすなる化粧《けはひ》といふものを　花に喰ひ荒らさるる街なみ

懐剣のごとく秘めをり Dragon’s blood といふ緋色のルージュ

幻獣のやうに粧ひ人形を見に来れば画廊《ギャラリイ》の底冷え

天使にも竜にもあらぬこのからだ銀のヒールの台座に載せて

おのれの戴く天を選ばな白日傘振れば花束のごとく解《ほぐ》るる

花の下に花散りながらあかねさすアン・シャーリィは永久のまれびと

春嵐。からだにまとふありとあるりぼんが片つ端から解《ほど》け

灼くべき羅馬

眼とふ裸火ふたつかかげゆき炎昼はわが灼くべき羅馬

暴力の記憶を　よあけ一面の蓮ひらくのを見まもるやうに

研がざらば鈍る嘴《はし》にて風に研ぎ空のいづこを打たば響かむ

誰か言へりひとは死ののち白鳥に喰はするための臟腑を持つと

夏痩せに拍車かけつつ軀とはたましひの石切場　足らふな

形なきもの殺むるはかたちなき刃　海へとふかく月差す

月の瞼を閉ざしやるとき指冷えて修羅よ汝がこころを研ぎ已むな

金星は落ちきてわれの掌にしづみわが手をとざすとき滅ぶ世よ

ヘレネ、手をつないでいて。

白鳥は軍船なれば集ひ来て啄めり岸にひらける傷を

天の堰をあふれて雪は降るものをつね犠牲《いけにへ》のイーピゲネイア

強ひられて嫁したるごとし　女《をみな》としてこの世へいたる閾《しきみ》越えにし

詩はあなたを花にたぐへて摘みにくる　野を這ふはくらき落陽の指

なべての詩を遁れあなたを庇ひたきをヘレネ、われさへもパリスの臣か

カサンドラの詞《ことば》さみしゑ凍月のひかりは地《つち》へ落ちつづけたり

月の頬うつくしからぬ岸にゐてをとめらよもろともに老いなむ

あとがき

世界は言葉でできていると、私は思っています。言葉は世界であると。

人は嘘を吐くことがある、とはじめて気付いたとき、深い衝撃を受けたのを覚えています。人間がつねに真実を語ると思っていたわけではなく、むしろその反対で、ただ言葉の臣たる人間がみずからの思惑に沿って言葉を捻じ曲げうるなどとは、思ってもみなかったのです。

人間は言葉に仕える祭司としてのみ存在意義を持つと思っていて、それでも、言葉が人間なしで成り立たないことがときにたまらなく口惜しく、悲しくなります。ダンセイニの掌篇に、工事の足場から墜ちていきながら、手にした木材に空しくおのが名を刻む大工の話があり、数秒後には死ぬ人間が、自分よりほんの数週間長く生き延びるだけの木切れに名を刻んでどうするのか——自分よりほんの数世紀長生きするだけの〈文明〉に名を刻もうとする詩人の〈わたし〉もまたしかり、と続くのですが、わたしは言葉が、人間とその文明が滅びたずっと後も独自の生命を持って生き延びてくれることをずっと夢みています。

わたしが失語にも似た状況に陥ったのは、大学という学問の場に足を踏み入れたときで、そのときはじめてわたしは、自分が特定の性に、言葉や真実や知といったものを扱い得ないとされる性に、分類されることを知ったのでした。しかしわたしが愛した神聖な言葉の世界に逃げ帰ろうとしてみると、そこには空虚で、美しくて、誘惑のための言葉しか発しない〈女性〉たちが詰め込まれていて、わたしは一体いままで、何を読んでいたのでしょう。何を読まされていたのでしょう。

言葉はその臣たる人間に似すぎていて、あまりに卑俗で、醜悪で、愚かです。人間という軛を取り去ったとき、言葉が軽やかに高々と飛翔するのであればいいのに。

文学は権力そのものになって人間を追い詰めることが容易にできます。しかし私は、言葉の内包する構造にそのまま操られることなく、言葉と刺し違える覚悟を持つこと、それこそが文学の役割であると信じています。

この歌集には、二〇一二年から二〇一九年までの作品、三七四首を収めました。

二〇一〇年から短歌を始め、十年が経ちました。短歌を続けるのは、ひとつの戦いでした。その戦いを一緒に戦ってくれた、今はもうない本郷短歌会の仲間たちに、ありがとうと伝えたいと思います。それから、「穀物」「怪獣歌会」をはじめ、一緒に短歌を作ってきた人たち。今までわたしの歌を読んできてくれた人たち。友人や家族。ここにあるのはあなたたちがいなければ存在しなかった歌です。ありがとうございます。そして、この歌集を手に取ってくださったあなたに、心からの感謝を。

二〇二〇年　初夏

川野芽生

初出一覧

I anywhere

借景園　「鹿首」第十二号（二〇一八年八月）
竜頭をうしなふ　「本郷短歌」第五号（二〇一六年三月）
水の真裏に　「本郷短歌」第四号（二〇一五年三月）
気流と鱗　「短歌往来」二〇一四年一月号
薔薇の瞼　「本郷短歌」第二号（二〇一三年三月）
冬の王位　「現代短歌新聞」二〇一八年四月号ほか
炭酸と鸚鵡貝　「CA-U」（二〇一七年一一月）
凌霄花　「本郷短歌」創刊号（二〇一二年三月）
boy meets girl　「本郷短歌」創刊号（二〇一二年三月）ほか
眸もほのひかる　「本郷短歌」第三号（二〇一四年三月）
落日の翼　「現代短歌新聞」二〇一二年八月号
冬日とモービル　「本郷短歌」第二号（二〇一三年三月）
アヴァロンへ　「穀物」第三号（二〇一六年一一月）

II out of

Le Grand Cahier　「穀物」創刊号（二〇一四年一一月）

転身譜　「穀物」第二号（二〇一五年一一月）
舞曲　「穀物」第四号（二〇一七年一一月）
ベオウルフの春　「短歌研究」二〇一四年二月号
幻獣抄　「半人半馬」（二〇一六年一二月）
老天使　「朝日新聞」二〇一八年四月一八日夕刊
空頭　「短歌」二〇一九年六月号
ラピスラズリ　「歌壇」二〇一八年三月号

Ⅲ the world

Lilith　「歌壇」二〇一八年二月号
乱数暦　「歌壇」二〇一九年一月号
火想　「短歌」二〇一八年一〇月号
ひらくのを　「穀物」第五号（二〇一八年一一月）
竜のくちべに　「穀物」第六号（二〇一九年一一月）
灼くべき羅馬　「Quaijiu」vol.2（二〇一七年一一月）
ヘレネ、手をつないでいて。　「Quaijiu」vol.1（二〇一七年一月）

■著者略歴

川野芽生（かわの・めぐみ）

1991年神奈川県生まれ。2018年、連作「Lilith」にて第29回歌壇賞受賞。別名義にて第３回創元ファンタジイ新人賞最終候補に選出。2020年、第一歌集『Lilith』（書肆侃侃房）刊行。翌年、同歌集にて第65回現代歌人協会賞受賞。小説集に『無垢なる花たちのためのユートピア』（東京創元社、2022年）、『月面文字翻刻一例』（書肆侃侃房、2022年）がある。

歌集　Lilith

二〇二〇年九月二十四日　第一刷発行
二〇二三年二月二十七日　第四刷発行

著　者　川野芽生
発行者　田島安江
発行所　株式会社 書肆侃侃房（しょしかんかんぼう）
〒八一〇-〇〇四一
福岡市中央区大名二-八-十八-五〇一
TEL：〇九二-七三五-二八〇二
FAX：〇九二-七三五-二七九二
http://www.kankanbou.com info@kankanbou.com

編　集　藤枝大
DTP　黒木留実
印刷・製本　モリモト印刷株式会社

ISBN978-4-86385-419-2　C0092